貝蒂

好想好想吃香蕉

文・圖 史帝夫・安東尼　譯 柯倩華

貝ㄅㄟˋ蒂ㄉㄧˋ肚ㄉㄨˋ子ㄗ˙餓ㄜˋ，
她ㄊㄚ看ㄎㄢˋ見ㄐㄧㄢˋ一ㄧ根ㄍㄣ香ㄒㄧㄤ蕉ㄐㄧㄠ，
她ㄊㄚ想ㄒㄧㄤˇ要ㄧㄠˋ吃ㄔ。

可ㄎㄜˇ是ㄕˋ，香ㄒㄧㄤ蕉ㄐㄧㄠ……

剝不開。

貝蒂試著用她的手、

她的牙齒、

甚至她的腳，

突然……

貝ㄅㄟˋ蒂ㄉㄧˋ哭ㄎㄨ了ㄌㄜ˙。

哇ㄨ哇ㄨㄚ哇ㄨㄚ哇ㄨㄚ哇ㄨㄚ哇ㄨㄚ！

她ㄊㄚ吸ㄒㄧ吸ㄒㄧ鼻ㄅㄧˊ子ㄗˇ，

哼ㄏㄥ哼ㄏㄥ！

哼ㄏㄥ哼ㄏㄥ！

踢ㄊㄧ上ㄕㄤ踢ㄊㄧ下ㄒㄧㄚ，

碰ㄆㄥ碰ㄆㄥ！ 碰ㄆㄥ碰ㄆㄥ！

大ㄉㄚ聲ㄕㄥ尖ㄐㄧㄢ叫ㄐㄧㄠ，

啊ㄚ啊ㄚ啊ㄚ啊ㄚ！

直ㄓ到ㄉㄠ，她ㄊㄚ終ㄓㄨㄥ於ㄩ……

平_{ㄆㄧㄥˊ}靜_{ㄐㄧㄥˋ}下_{ㄒㄧㄚˋ}來_{ㄌㄞˊ}。

「你_{ㄋㄧˇ}不_{ㄅㄨˋ}需_{ㄒㄩ}要_{ㄧㄠˋ}這_{ㄓㄜˋ}樣_{ㄧㄤˋ}。」
大_{ㄉㄚˋ}嘴_{ㄗㄨㄟˇ}鳥_{ㄋㄧㄠˇ}先_{ㄒㄧㄢ}生_{ㄕㄥ}說_{ㄕㄨㄛ}。

「注意，我示範給你看，
怎麼剝香蕉皮。」

大嘴鳥先生示範給貝蒂看，
怎麼剝香蕉皮。

可是，香蕉……

是ㄕ貝ㄅㄟˋ蒂ㄉㄧˋ的ㄉㄜ，她ㄊㄚ想ㄒㄧㄤˇ要ㄧㄠˋ自ㄗˋ己ㄐㄧˇ剝ㄅㄛ。

貝ㄅㄟˋ蒂ㄉㄧˋ看ㄎㄢˋ看ㄎㄢˋ香ㄒㄧㄤ蕉ㄐㄧㄠ，看ㄎㄢˋ看ㄎㄢˋ大ㄉㄚˋ嘴ㄗㄨㄟˇ鳥ㄋㄧㄠˇ先ㄒㄧㄢ生ㄕㄥ，

再ㄗㄞˋ看ㄎㄢˋ看ㄎㄢˋ香ㄒㄧㄤ蕉ㄐㄧㄠ，突ㄊㄨˊ然ㄖㄢˊ……

貝ㄅㄟˋ蒂ㄉ一ˋ哭ㄎㄨ了ㄌㄜ。

哇ㄨㄚ哇ㄨㄚ哇ㄨㄚ哇ㄨㄚ哇ㄨㄚ哇ㄨㄚ！

她ㄊㄚ吸ㄒ一吸ㄒ一鼻ㄅ一ˊ子ㄗˇ，

哼ㄏㄥ哼ㄏㄥ！
哼ㄏㄥ哼ㄏㄥ！

踢ㄊㄧ上ㄕㄤ踢ㄊㄧ下ㄒㄧㄚ，

碰ㄆㄥ碰ㄆㄥ！

碰ㄆㄥ碰ㄆㄥ！

啊ㄚ啊ㄚ啊ㄚ啊ㄚ啊ㄚ啊ㄚ啊ㄚ啊ㄚ啊ㄚ啊ㄚ啊ㄚ啊ㄚ！

大ㄉㄚ聲ㄕㄥ尖ㄐㄧㄢ叫ㄐㄧㄠ，

直ㄓ到ㄉㄠ，她ㄊㄚ終ㄓㄨㄥ於ㄩ……

平靜下來。

「你不需要這樣。」
大嘴鳥先生說。

「你下次再拿到香蕉，就可以自己剝皮了。」

貝ㄅㄟˋ蒂ㄉㄧˋ正ㄓㄥˋ要ㄧㄠˋ吃ㄔ香ㄒㄧㄤ蕉ㄐㄧㄠ。

可ㄎㄜˇ是ㄕˋ，香ㄒㄧㄤ蕉ㄐㄧㄠ……

断了！

貝蒂哭了。

哇哇哇哇哇哇！

她吸吸鼻子，

哼哼！

哼哼！

哼哼！

踢上踢下，大聲尖叫，比之前更大聲。

碰碰！ 碰碰！ 啊啊啊啊！

啊啊啊！

直到，她終於……

平靜下來。

「你不需要這樣。」大嘴鳥先生說。
「不然，你要不要把香蕉給我？」

貝ㄅㄟˋ蒂ㄉㄧˋ吃ㄔ掉ㄉㄠˋ香ㄒㄧㄤ蕉ㄐㄧㄠ……

香蕉的味道

非常美妙！

好好吃！

突然……

貝ㄅㄟˋ蒂ㄉㄧˋ看ㄎㄢˋ見ㄐㄧㄢˋ另ㄌㄧㄥˋ一ㄧˋ根ㄍㄣ香ㄒㄧㄤ蕉ㄐㄧㄠ……

不忘同理與耐心
引導孩子品嚐成長好滋味

文／兒童文學專家　柯倩華

我想，沒有小孩「喜歡」發脾氣，因為那是一種讓他們生理和心理都很不舒服的失控狀態。他們的哭叫吵鬧，有時是因為遇到困難而產生無能為力的挫折感，有時因為突然的意外使他們害怕或焦慮。他們不知如何適當表達這些複雜的情緒壓力和需要，就用最本能的方式來宣洩情緒或表達需求。他們在一團混亂中，需要幫助和引導，而《貝蒂好想好想吃香蕉》正是能幫助他們的繪本。

這本書的英文原名是 *Betty Goes Bananas*。goes bananas 的意思是「變得非常激動或生氣」，是形容「突然抓狂」的非正式用法。作者玩了一點雙關的趣味，安排故事角色貝蒂真的為了香蕉而爆發一頓脾氣。翻譯成中文時無法兼顧，只能儘量傳達原文的旨趣及情緒狀態。貼近幼兒特質的文字和圖像合力演出可愛有趣的故事，作者以幽默的風格處理實際上頗令人難受（甚至痛苦）的人生經驗，增加了閱讀的樂趣，似乎也宣告一種態度：用幽默感降低火氣、減少痛苦，讓人比較容易冷靜。

這個故事反映小孩真實的情形，吸引他們認同而進入故事情境；也提供「安全距離」—— 發脾氣的是別人（貝蒂），不是我（讀者）。然而，當讀者觀看、感受、判斷、討論貝蒂的行為時，其實是在整理自己的感受，進而可能形成較有條理的思考和表達。貝蒂提供了具體實例，幫助幼兒學習抽象思考。

在幼兒時期，感官經驗更重於抽象思辨。幼兒經常用身體（例如觸摸、咬） 來認識和表達。書中精簡的文字充分展現這個特色，並以重複的句型形成有助幼兒閱讀的旋律和結構。開場的肚子餓、看見、想吃，在時間順序和因果關係上清晰扼要，並充滿身體感覺。她嘗試用自己的身體解決問題，焦點在具體可見的手、牙齒和腳。接著描述身體動作如哭、吸鼻子、踢、尖叫，伴隨著不同的聲音。我們可指著哭鬧的貝蒂問小孩：「她現在覺得怎麼樣？」「除了生氣以外，還有沒有別的情緒？」引導他們用語言辨認情緒（生氣、難過、失望、可憐、擔心……）。然後鼓勵他們想一想，有沒有其他方式可取代貝蒂的情緒反應（說出來、畫圖、求救……），試著幫助貝蒂找出更好的辦法解決問題。

大嘴鳥不厭其煩的告訴貝蒂「你不需要這樣」，可供我們跟小孩討論「需要」和「想要」的區別。示範是具體的教導方式，但大嘴鳥的示範卻同時剝奪了貝蒂（幼兒）想要自己做的主體性和成就感。幸好，辛苦的波折後，貝蒂終於嘗到香蕉的美味，並真的有「下一次」自己剝香蕉皮的機會。

每個人都是從連剝香蕉都不會的幼兒階段，一步一步學習，然後變成很會吃香蕉的大人。當大人覺得快要跟著小孩一起抓狂時，不妨提醒自己：「你不需要這樣。」我們若能以同情與耐心對待幼兒，成長便會有香甜的滋味。

國家圖書館出版品預行編目資料

貝蒂好想好想吃香蕉／史帝夫.安東尼(Steve
Antony)文.圖；柯倩華譯. -- 第二版. -- 臺北市：親
子天下股份有限公司, 2023.08
24.5X24.5公分. -- (繪本；328)
國語注音
譯自：Betty goes bananas.
ISBN 978-626-305-523-0(精裝)

1.SHTB: 圖畫故事書--3-6歲幼兒讀物

873.599   112009483

繪本 0328

貝蒂好想好想吃香蕉

作・繪者｜史帝夫・安東尼（Steve Antony）　譯者｜柯倩華

責任編輯｜陳婕瑜　美術設計｜陳珮甄　行銷企劃｜高嘉吟

天下雜誌群創辦人｜殷允芃　董事長兼執行長｜何琦瑜

媒體暨產品事業群

總經理｜游玉雪　副總經理｜林彥傑　總編輯｜林欣靜

行銷總監｜林育菁　副總監｜蔡忠琦　版權主任｜何晨瑋、黃微真

出版者｜親子天下股份有限公司

地址｜台北市 104 建國北路一段 96 號 4 樓

電話｜(02)2509-2800 傳真｜(02)2509-2462

網址｜www.parenting.com.tw

讀者服務專線｜(02)2662-0332　週一～週五：09:00~17:30

讀者服務傳真｜(02)2662-6048　客服信箱｜parenting@service.cw.com.tw

法律顧問｜台英國際商務法律事務所・羅明通律師

製版印刷廠｜中原造像股份有限公司

總經銷｜大和圖書有限公司 電話：(02)8990-2588

出版日期｜2016 年 1 月第一版第一次印行
2023 年 8 月第二版第一次印行
2024 年 3 月第二版第二次印行

定價｜340 元　書號｜BKKP0328P　ISBN｜978-626-305-523-0（精裝）

───────── 訂購服務 ─────────

親子天下 Shopping｜shopping.parenting.com.tw

海外・大量訂購｜parenting@cw.com.tw

書香花園｜台北市建國北路二段 6 巷 11 號

電話：(02) 2506-1635　劃撥帳號｜50331356

立即購買 >